www.ingramcontent.com/pod-product-compliance
Lightning Source LLC
LaVergne TN
LVHW050824051026
849532LV00008B/3097
9789369089857

کبوتر کی عید

(بچوں کی کہانیاں)

ذکیہ مشہدی

Kabootar ki Eid *(Kids Stories)*
by: Zakia Mashhadi
Edition: August '2025
Publisher :
Taemeer Publications LLC (Michigan, USA / Hyderabad, India)

ISBN 978-93-6908-985-7

کتاب	:	**کبوتر کی عید** (کہانیاں)
مصنفہ	:	**ذکیہ مشہدی**
صنف	:	ادب اطفال
ناشر	:	تعمیر پبلی کیشنز (حیدرآباد، انڈیا)
سالِ اشاعت	:	۲۰۲۵ء
صفحات	:	۴۶
سرورق ڈیزائن	:	تعمیر ویب ڈیزائن

فہرست

طوطے کے بچے

اسکول میں چھٹیاں ہوتیں تو فرحان کبھی کبھی نانا کے یہاں آجاتے تھے۔ نانا گاؤں میں رہتے تھے۔ فرحان کو وہاں بہت مزہ آتا تھا۔ بڑا سا کھلا کھلا سرخ ٹائلوں والا گھر تھا۔ گھر کے پیچھے کافی وسیع باغ۔ سامنے بھی پھولوں کی کیاریاں تھیں۔ پھول آنکھوں کو کیسے بھلے لگتے ہیں۔ تھوڑے سے بھی ہوں تو ماحول بدل جاتا ہے۔ جی اپنے آپ ہی خوش ہو جاتا ہے۔ پھر رجّن بھی تھا۔ وہ فرحان کو گاؤں بھر میں گھماتا پھرتا۔ تالاب میں سنگھاڑے کی بیلیں۔ کھیت میں گنّے اور چنا مٹر۔ آگ میں بھنی ہوئی شکر قند۔ گنے کے رس کو کڑھاؤ میں ابال کر بنتا ہوا گڑ۔ کئی بار دیکھنے کے بعد بھی یہ ساری چیزیں بہت اچھی لگتی تھیں۔ ہوا میں انوکھی فرحت محسوس ہوتی تھی۔

رجّن نانا کے منشی جی کا بیٹا تھا۔ منشی جی گھر کے سارے کاموں کا انتظام دیکھتے۔ باغ کے آموں کی فصل پکواتے۔ کچھ زمینیں تھیں ان کا حساب رکھتے۔ باغ کے اگلے سرے پر نانا نے ان کے لئے دو کمروں کا چھوٹا سا گھر بنوا دیا تھا۔ اس میں برآمدہ، باورچی خانہ اور بیت الخلا سب ہی کچھ تھا۔ رجن کو نانا اسکول میں پڑھوا رہے تھے۔

اس مرتبہ فرحان نانا کے گھر آئے تو انہوں نے باغ میں گھومتے ہوئے ایک نئی

چیز دیکھی۔ آم کے درخت کے تنے میں ایک کوٹر (چھوٹی سی کھوکھلی جگہ) بن گیا تھا۔ اس میں سے ایک بڑا خوبصورت طوطا گردن نکال کر جھانک رہا تھا۔ فرحان کو وہ بہت پیارا لگا۔ جیسے کوئی کھڑکی میں سے جھانک رہا ہو۔ وہ منہ اٹھا کر اسے دیکھنے لگے۔ طوطے نے جھٹ سے گردن اندر کرلی۔

"یہاں طوطا تھا"۔ فرحان نے رجّن سے کہا۔

"طوطے کا گھر"۔

"ہاں۔ مطلب اس کا گھونسلہ۔ اس نے بچے نکالے ہیں، اور بے وقوف وہ طوطی ہے۔ ان بچوں کی ممی"۔

"ہاہاہا۔ طوطوں کی ممی۔ فرحان کو بہت مزہ آیا۔ سب جانوروں کی، پرندوں کی ممی تو ہوتی ہی ہیں۔ ممی نہیں ہوں گی تو بچے پالے گا کون"۔ لیکن گھونسلہ تو پیڑ پر ہونا چاہیئے۔ بیل کے درخت پر کوے نے گھونسلا بنا رکھا تھا۔ انہوں نے کہا۔ رجّن فرحان کو گاؤں میں گھماتا تو خوب تھا لیکن کبھی کبھی شہری بابو کہہ کر چڑھاتا بھی تھا۔ اس وقت بھی اس نے چڑھایا۔

"ارے شہری بابو، طوطے زیادہ تر کسی کھوکھلی جگہ جیسے پیڑ یا پہاڑی کے کوٹر میں گھونسلا بناتے ہیں۔ اس میں انڈے دے کر انہیں سیتے اور بچے نکالتے ہیں۔ ہم اس طوطے کو شروع سے دیکھ رہے ہیں۔ کوٹر میں بچے نکل چکے ہیں۔ اب تو کچھ بڑے ہوئے ہوں گے"۔

فرحان نے تالی بجائی۔ "ہم انہیں دیکھیں گے۔ طوطے کے بچے۔ آہا کتنے پیارے لگیں گے"۔

"ابھی باہر نہیں آتے۔ کیسے دیکھو گے"۔ رجن نے کہا۔

"کوٹر زیادہ اونچائی پر نہیں ہے۔ اس کے پاس موٹی سی شاخ بھی ہے۔ ہم اس پر چڑھ کر بچے دیکھیں گے"۔ گاؤں میں برابر آتے رہنے کی وجہ سے فرحان کو پیڑ پر چڑھنا آتا تھا۔ دراصل رجن نے ہی سکھایا تھا۔ وہ تو بندر کی سی پھرتی سے کسی بھی پیڑ پر چڑھ جاتا تھا۔

"بچوں کی ممی ناراض ہو گئی تو تمہیں کاٹ لے گی"۔ رجن نے ڈرایا۔

اس وقت بات آئی گئی ہو گی لیکن فرحان کے دل میں طوطے کے بچے دیکھنے کا خیال بنا رہا۔ تیسرے دن فرحان کی چھٹیاں ختم ہو رہی تھیں۔ اب پھر نہ جانے کب چھٹیاں ہوں گی۔ اس لئے دوپہر میں وہ چپکے سے باغ میں نکل گئے۔ سر اٹھا کر دیکھا۔ طوطا۔۔۔ نہیں طوطی۔۔۔ پھر آدھا جسم نکال کر جھانک رہی تھی۔ پھر وہ اڑ گئی۔ فرحان بہت خوش ہوئے۔ اچھا ہے بچے اکیلے مل جائیں گے ورنہ ان کی ممی کاٹ لیتی۔ وہ احتیاط سے پیر جما جما کر درخت پر چڑھ گئے۔ کوٹر میں جھانکا۔ کچھ ہرے ہرے پروں سے ڈھکے ننھے ننھے بچے دکھائی دیئے۔ شروع سے زیادہ تر پرندوں کے بچوں کے جسم پر، پر نہیں ہوتے۔ گوشت کے لوتھڑے سے دکھائی دیتے ہیں۔ کچھ بڑے ہوتے ہیں تبھی پر نکلتے ہیں۔ یہ بچے اتنے بڑے ہو گئے تھے کہ ان پر پنکھ آ گئے تھے۔ بہت ہی پیارے لگے۔ فرحان کا جی چاہا انہیں ہاتھ میں لے کر دیکھیں۔ تبھی غصے سے ٹیں ٹیں کرتا طوطا ان کے سر پر منڈلانے لگا۔ فرحان نے جلدی سے ہاتھ ہٹایا۔ چہرہ دوسری طرف کر لیا۔ یہ ضرور وہی ہے۔ بچوں کی ممی۔ انہوں نے گھبراہٹ میں سوچا اور جلدی سے پھسل کر اتر آئے۔ دیکھا طوطا ان کے سر پر اب

بھی منڈلا رہا ہے۔ وہ بگٹٹ بھاگے۔ اپنے گھر کے بجائے رجّن کے گھر کا رخ کیا۔ اپنے گھر میں داخل ہوتے تو گھبراہٹ کی وجہ بتانی پڑتی۔ جلدی میں اترتے ہوئے کچھ خراشیں آگئی تھیں۔ ان کی وجہ بھی بتانی پڑتی۔ اچھی طرح ڈانٹ پڑتی۔ پیڑ پر چڑھنے کے لیے مما ہمیشہ منع کرتی تھیں۔ نانا بھی منع کرتے تھے۔

رجّن گھر پر ہی تھا۔ وہ بہت ہنسا۔ اسے شرارت سوجھی۔

"پتہ ہے تمہیں طوطوں کی ممی نے پہچان لیا ہے۔ اب وہ تمہارا پیچھا کرے گی"۔

"فرحان ڈر گئے۔ تب کیا کریں"۔

"ایسا کرو تم اپنے کپڑے بدل لو۔ تب طوطا تمہیں نہیں پہچان سکے گا"۔

"لاؤ اپنے کپڑے"۔ فرحان راضی ہو گئے۔

"ہمارے پاس صرف تین شرٹ ہیں۔ ایک کو ممی نے صابن ڈال کر بھگو رکھا ہے۔ ایک ہم نے پہنی ہے۔ تیسری تمہیں پہنا دی تو ابھی نہا کر کیا بدلیں گے"۔

"تب؟" فرحان سخت پریشان ہو گئے۔

"ایک طریقہ ہے۔ تم بابو جی کی شرٹ پہن کر چلے جاؤ۔ اپنے کپڑوں کے اوپر ہی ڈال لینا"۔ جان تو بچے گی۔ اب گھر پر جو بھی ہو۔ وہاں ڈانٹ پڑے گی۔ کوئی طوطا تو نہیں کاٹے گا۔ سوچ کر فرحان راضی ہو گئے۔ رجن نے منشی جی کی قمیص نکال کر فرحان کو پہنچا دی۔ منشی جی لمبے چوڑے آدمی تھے۔ نو سال کے فرحان تو ان کی شرٹ میں جیسے ڈوب ہی گئے۔ بالکل پیروں تک آگئی۔ مسخروں جیسے حلیے میں انہوں نے پورا باغ پار کیا اور گھر میں داخل ہوئے۔ رجّن کچھ دور تک ساتھ آیا، پھر

چپکے سے پلٹ گیا۔

ممی سامنے ہی کھڑی ٹوکری میں پھل دیکھ رہی تھیں جو نانی نے دیئے تھے۔ شام کو واپس جانا تھا۔ یک دم سے فرحان پر نظر پڑی تو گھبرا گئیں۔ "ارے مما۔۔۔ ہم ہیں۔ ہم فرحان"۔ ممی کی گھبراہٹ دیکھ کر وہ جلدی سے بولے۔

"یہ کیا حلیہ بنا رکھا ہے۔ اور یہ قمیص تو منشی جی کی ہے"۔ ممی نے ٹوکری الگ رکھ کر پوچھا۔

مجبوراً فرحان نے پوری کہانی سنائی۔ وہ ابھی تک وہی قمیص پہنے کھڑا تھا۔ تبھی نانا بھی آ گئے۔ باورچی خانے سے روٹی پکاتی قمرن بوا نے جھانکا اور ہنسی سے لوٹ پوٹ ہو گئیں۔ توے پر روٹی جل اٹھی۔ نانی نے مینا پال رکھی تھی، اس نے شور مچایا "کون ہے، کون ہے!"

پیچھے پیچھے کچھ رک کر رجّن بھی آ گیا تھا۔ وہ خوب قہقہے لگا رہا تھا۔ "ارے بابو جی کی شرٹ تو اتارو۔" اس نے قمیص اتروائی۔

"مما، ہم اگلی بار نانا کے یہاں آئیں گے تب بھی طوطوں کی ممی ہمیں پہچان کر سر پر ٹھونگ لگائے گی؟" فرحان نے پوچھا۔

لوگ پھر ہنس پڑے۔ "نہیں تب نہیں پہچانے گی۔ بھول چکی ہو گی۔" نانا نے کہا۔

مگر رجّن ٹپ سے بول پڑا۔ "ممی نہیں پہچانے گی لیکن تب بچے تمہیں پہچان لیں گے۔ تینوں مل کر تمہیں ٹھونگ لگائیں گے"۔

فرحان روہانسے ہو گئے۔

نانا نے ہنس کر کہا، "بے وقوف، رجّن تمہیں چھیڑ رہا ہے لیکن ہاں، پرندوں کو پریشان نہیں کرنا چاہیے۔ بلکہ کسی بھی جانور کو پریشان نہیں کرنا چاہیے۔ انہیں بھی چین سے رہنے کا حق ہے۔ وہ ہمارے ماحول کا بہت ضروری حصہ ہیں۔

***

دانیال اور چڑیا

چھ سال کے دانیال کو چڑیاں بہت اچھی لگتی تھیں۔ اڑتی، پھدکتی، چہچہاتی چڑیاں دیکھ کر وہ بہت خوش ہوتے۔ ہرے ہرے طوطے انہیں خاص طور پر اچھے لگتے تھے۔ ایک بار دانیال نے اپنی ممی سے کہا کہ وہ طوطا پالنا چاہتے ہیں۔ لیکن ممی نے بتایا کہ طوطے قیدی میں رہنا پسند نہیں کرتے۔ انہیں اپنی آزادی بہت پیاری ہوتی ہے۔ گھر کے سامنے کے درختوں پر بہت سی چڑیاں گھر بناتی ہیں۔ خوب چوں چوں کرتی ہیں۔ انہیں دیکھا کرو۔ دانیال ممی کی بات مانتے تھے۔ انہوں نے طوطا خریدنے کی ضد چھوڑدی۔ بس چھٹی ملنے پر بالکونی پر کھڑے ہو جاتے اور طرح طرح کی چڑیوں کو دیکھتے۔ وہ سب برگد کے گھنے پیڑ پر بسیرا کرتی تھیں۔ پیڑ نے سب کو پناہ دے رکھی تھی۔

ایک دن دانیال شام کو کمرے میں آئے تو دیکھا ایک چڑیا ان کے کمرے میں آ گئی ہے۔ چھوٹی سی چڑیا تھی۔ کالے رنگ کی لیکن بڑی پیاری، بڑی بھولی۔ اس کا جسم سڈول تھا اور پتلی سی دم تھی۔ دم لگاتار اوپر نیچے ہل رہی تھی۔ اس چڑیا کو انہوں نے پہلے نہیں دیکھا تھا۔

دانیال چڑیا کو کمرے میں دیکھ کر بہت خوش ہوئے۔ بھاگ کر ممی کو بلا کر

لائے۔ انہوں نے بتایا یہ شاما ہے۔ بڑا میٹھا بولتی ہے اور خوب سیٹیاں بجاتی ہے۔ یہاں شاید بھٹک کر آگئی ہے۔ چلو اسے واپس بھیج دیں انہوں نے چڑیا کو ہشکایا۔

"یہ ممی چڑیا ہے یا بچہ چڑیا؟" دانیال نے پوچھا

"یہ ممی چڑیا ہے۔"

"تب تو اسے ضرور بھیج دیجئے۔ اس کے بچے انتظار کر رہے ہوں گے۔" دانیال نے کہا اور ممی کے ساتھ وہ بھی چڑیا کو ہشکانے لگے۔

چڑیا کچھ گھبرا گئی تھی۔ شام گہری ہونے سے اسے دکھائی بھی کم دے رہا تھا۔ وہ کبھی کمرے میں لگی ٹیوب لائٹ پر بیٹھتی۔ کبھی پھدک کر دیوار گھڑی پر چلی جاتی۔ کبھی پنکھے کے پروں پر اور کبھی بڑی سی پینٹنگ کے فریم پر۔ دانیال اور ان کی ممی نے لاکھ کوشش کی لیکن وہ دروازے کی طرف گئی ہی نہیں۔

دروازہ بالکونی پر کھلتا تھا اور وہ ادھر ہی سے آئی تھی۔

"ایسا کرتے ہیں فی الحال اسے یہیں چھوڑ دیتے ہیں۔ صبح اسے راستہ مل جائے گا۔"

"ٹھیک ہے۔ آج رات یہ ہماری مہمان رہے گی۔"

دانیال تو خوش ہو گئے۔

لیکن کھانا کھانے کے بعد سب لوگ کمرے میں آئے تو پاپا نے کہا۔ اگر پنکھا چلایا گیا اور چڑیا اڑی تو اس سے ٹکرا سکتی ہے۔ ٹکرائی تو اس کے بازو ٹوٹ جائیں گے۔ ہو سکتا ہے مر بھی جائے۔ دانیال بہت پریشان ہو گئے۔ پاپا تب پنکھا نہیں چلائیں۔

"گرمی بہت ہے۔" ممی پاپا نے فکر مند ہو کر کہا۔

"ہم لوگ ایک رات ایسے ہی سو جائیں گے، بغیر پنکھے کے۔ کھڑکیاں کھول دیجئے۔ تھوڑی باہر کی ہوا آجائے گی۔"

دانیال نے تجویز پیش کی۔

ممی سمجھ رہی تھیں دانیال راضی نہیں ہوں گے۔ ان کی رحم دلی دیکھ کر وہ خوش ہو گئیں۔ اس رات کو پنکھا نہیں چلا۔ کچھ دیر لوگ الٹ پلٹ کرتے رہے پھر سو گئے۔ دانیال اس کو جانے کی وجہ سے سویرے اٹھتے تھے۔ اٹھتے ہی چڑیا کو دیکھا۔ وہ پنکھے کے پر پہ بیٹھی ہوئی تھی۔

"اچھا ہوا جو پنکھا نہیں چلایا گیا" انہوں نے خوش ہو کر کہا۔

ممی نے چڑیا کو پھر ہشکایا۔ اس بار وہ تھوڑا سا ہی ادھر ادھر اڑی۔ جلد ہی اسے دروازہ نظر آگیا۔ وہاں سے اڑ کر وہ بالکونی سے نکلی اور سیدھی پیڑ پر جا بیٹھی۔ جاتے جاتے اس نے بڑی میٹھی سیٹی بجائی۔

"ممی۔ ممی وہ کہہ رہی ہے تھینک یو۔" دانیال تالی بجا کر بولے۔ "اب اس کے بچے خوش ہو جائیں گے کہ ممی آگئی۔" وہ جلدی جلدی اسکول جانے کے لئے تیار ہونے لگے۔ کلاس میں سب کو چڑیا کی کہانی سنانے کی جلدی جو تھی شاما چڑیا کی۔

***

دانیال کا گھوڑا اور ننھی رکشا

دانیال جب چار سال کے تھے تو ان کی سالگرہ پر کسی نے ایک گھوڑا تحفے میں دیا تھا۔ یہ لکڑی اور چمڑے سے بنا ہوا خوب بڑا سا گھوڑا تھا۔ اتنا بڑا کہ ایک چار سال کا بچہ اس پر سوار ہو سکے۔ اس پر باقاعدہ زین کسی ہوئی تھی۔ رکابیں تھیں اور باگ بھی۔ گھوڑے کی ایال اصلی بالوں کی تھی۔ ایال میں چھپا ہوا ایک بٹن تھا۔ بٹن دبانے سے گھوڑا آگے پیچھے حرکت کرنے لگتا تھا اور ٹپاٹپ کی آوازیں آتی تھیں۔ بالکل ایسی جیسی گھوڑا دوڑنے سے اس کی ٹاپوں سے نکلتی ہیں۔ دانیال اس تحفے سے سب سے زیادہ خوش ہوئے۔ اسکول سے آتے ہی اس پر سوار ہو جاتے اور کچھ دیر بعد ہی منہ ہاتھ دھو کر کھانا کھاتے تھے۔ گھوڑا بہت مضبوط تھا۔ ڈھائی سال گزر گئے تھے لیکن ذرا بھی خراب نہیں ہوا تھا۔ دانیال اب بھی اس سے کھیلتے تھے۔ لیکن اب کبھی کبھی سوار ہوتے تھے۔ بہر حال وہ انھیں بہت عزیز تھا۔

ادھر دانیال کی دادی نے ایک نئی ملازمہ رکھی۔ اس کا نام مینا تھا۔ مینا گھر کی صفائی کرتی اور باروچی خانے میں اوپر کا کام کراتی تھی۔ مینا کی ایک چار سال کی بیٹی تھی۔ اس کا نام تھا رکشا۔ مینا اسے گھر پر اپنی ماں کے پاس چھوڑ کر کام کرنے آتی تھی۔ لیکن کبھی کبھی رکشا اس کے ساتھ آنے کی ضد کر بیٹھتی۔ تب اسے لے کر آنا

پڑتا تھا۔ مینا اسے اس شرط پر لاتی تھی کہ وہ چپ بیٹھی رہے گی۔ ایک چھوٹی بچی کے لئے یہ بڑا مشکل کام تھا اور تکلیف دہ بھی۔ لیکن وہ ماں کے ساتھ باہر جانے کے لالچ میں مان جاتی تھی۔ وہ جلدی جلدی ہاتھ منہ دھلوا لیتی۔ مینا اس کو صاف ستھری فراک پہناتی اور ساتھ لے آتی۔ دانیال کی دادی اسے ٹافی یا بسکٹ دے دیتیں۔ کوئی ایسا کھلونا بھی جس سے اب دانیال نہیں کھیلتے تھے۔ لیکن رکشا کی نظریں گھوڑے پر لگی رہتی۔ وہ اسے بہت پسند تھا۔ خاص طور سے اس کا جھولے کی طرح حرکت کرنا اور ٹپاٹپ کی آوازیں۔

ایک دن رکشا نے سب کی نظریں بچا کر گھوڑے پر چڑھنا چاہا۔ وہ چڑھ تو نہیں پائی لیکن اس کی باگیں پکڑ کر اس سے کھیلنے لگی۔ پھر اس نے گھوڑے کے بال سہلائے اور بٹن دبا دیا۔ اس نے کبھی دانیال کو بٹن دباتے دیکھا تھا۔ تپاٹپ کی آوازوں کے ساتھ گھوڑا حرکت کرنے لگا۔ رکشا کا چہرہ خوشی سے گلنار ہو گیا۔ وہ تالی بجانے لگی۔ دانیال اس وقت اسکول سے آچکے تھے اور کہیں آس پاس ہی تھے۔ گھوڑے کی ٹاپوں اور رکشا کی تالی کی آواز سن کر دوڑے ہوئے آئے۔ رکشا کو گھوڑے سے کھیلتا دیکھ کر بہت ناراض ہوئے۔ انہوں نے زور سے چلا کر کہا مینا، مینا، کہاں ہو تم۔ اسے دیکھو، اپنی بیٹو کو۔ میرا گھوڑا توڑ دے گی۔ مینا آئی تو انہوں نے کہا، "تم اسے یہاں کیوں لاتی ہو مینا۔ یہ میرے کھلونے چرا کر لے جائے گی۔" "نہیں لے جائے گی بھیا۔ ہم ہیں نا اور یہ روز نہیں آتی ہے۔" مینا نے کہا اور رکشا کو تھوڑا کھینچ کر گھوڑے سے الگ کیا۔ رکشا رونے لگی۔

ہنگامہ سن کر دانیال کی دادی وہاں آگئیں۔

"دانیال!" ان کے لہجے میں کچھ ناراضگی تھی۔

"تم نے مینا کی بیٹی کے ساتھ زیادتی کی ہے۔ سوری کہو اور ہاں تم یہ مینا کا نام کیوں لیتے ہو۔ وہ تم سے بڑی ہے اسے دیدی کہا کرو۔"

"جانے دیجئے۔ اماں جی۔ بھیا ابھی چھوٹے ہیں۔" مینا نے کہا۔

"اتنے چھوٹے بھی نہیں رہ گئے۔ کچھ دن میں سات سال کے ہو جائیں گے۔ انہیں جاننا چاہئے کیا صحیح ہے اور کیا غلط۔"

"مینا تو نوکر ہے اسے ہم دیدی کیوں کہیں اور اس کی بیٹی کو گھوڑے سے کیوں کھیلنے دیں۔"

دانیال نے منہ پھلا کر کہا۔

دادی وہیں ٹیریس پر رکھی کرسیوں میں سے ایک بیٹھ گئیں۔ ہاتھ پکڑ کر دانیال کو گود میں بٹھا لیا۔ پیار سے بولیں "بیٹا، محنت اور ایمانداری سے کام کرنے والا ہر انسان عزت کے لائق ہے۔ سب کا کام اپنی اپنی جگہ ضروری ہے۔ اگر مینا گھر کے کام میں مدد نہ کرے تو آپ کی ممی اپنے کام پر نہیں جا سکیں گی۔ وہ دانت کی ڈاکٹر ہیں۔ وہ بھی نوکری کرتی ہیں۔ دادی نے بہت پیار سے سمجھایا اور رکشا چھوٹی بچی ہے۔ اگر اس نے گھوڑا چھو لیا تو آپ کو چلانا نہیں چاہئے تھا۔ سمجھا کر بھی الگ کر سکتے تھے۔ بچے سب اچھے ہوتے ہیں۔ بچے سب کے ہوتے ہیں۔ آئی بات سمجھ میں؟"

"آئی دادی۔" دانیال دھیرے سے بولے۔

اچانک رکشا نے بھیں بھیں کر کے رونا شروع کر دیا۔ سب لوگ آپس میں باتیں کر رہے تھے۔ دانیال، اس کی دادی، رکشا کی ماں۔ وہ اکیلی پڑ گئی تھی۔ اس سے

کوئی بات نہیں کر رہا تھا۔

"روؤ مت رکشا۔ آؤ ہمارے گھوڑے کے ساتھ جھیل لو۔ ہم کچھ نہیں کہیں گے۔" دانیال بولے۔

کہاں تو رکشا رو ہی تھی کہاں ہنسنے لگی۔ بچے سب ایسے ہی ہوتے ہیں۔ ذرا میں رونا، ذرا میں ہنسنا۔ وہ بڑے معصوم ہوتے ہیں۔ کسی کے ہوں، کہیں ہوں۔

***

دانیال، دادا اور جائسی

دہلی کا ایسٹ آف کیلاش کھاتے پیتے، پڑھے لکھے لوگوں کا علاقہ ہے۔ اسی سے ملا ہوا گڑھی۔ گڑھی میں جو لوگ رہتے ہیں وہ اتنے پیسے والے نہیں ہیں۔ زیادہ تعلیم یافتہ بھی نہیں ہیں۔ سنتے ہیں گڑھی پہلے ایک دیہات تھا۔ اب بھی دیہات جیسا ہی لگتا ہے۔ مکان بہت معمولی ہیں۔ ان کے چھوٹے چھوٹے کمرے کم کرایے میں مل جاتے ہیں۔ یہی وجہ ہے کہ یہاں باہر سے آنے والے بہت سے طالب علم بھی رہتے ہیں۔

دانیال ایسٹ آف کیلاش میں رہتے ہیں۔ وہ دہلی پبلک اسکول کی چوتھی جماعت میں پڑھتے ہیں۔ ان کے دادا ایک ریٹائرڈ سرکاری افسر ہیں۔ گھر پر وہ دانیال کو اردو خود پڑھاتے ہیں۔ ان کے گھر کے پاس سے ایک سڑک نیچے ڈھلان پر اترتی ہے۔ یہ گڑھی میں جاتی ہے۔ صبح صبح یہ سڑک جاگ اٹھتی ہے۔ گڑھی کے باسی اپنے اپنے کام دھندوں کے لئے نکل پڑتے ہیں۔ کچھ بچے بستہ لٹکائے اسکول جاتے دکھائی دیتے ہیں۔ یہ دوسری بات ہے کہ گڑھی میں رہنے والے بچے مہنگے اسکول میں نہیں پڑھتے۔

دانیال کی بس تھوڑی سی دور پر واقع چوڑی سڑک پر آکر رکتی ہے۔ دادا انہیں

وہاں تک چھوڑ کر آتے ہیں۔ گڑھی سے آنے والے لوگوں کی ساری رونق روز ان کی نظر کے سامنے سے گزرتی ہے۔ ایک دن انہیں دو لڑکے دکھائی دیے۔ یہی کوئی سولہ سترہ برس کے انہیں دانیال نے ذرا دلچسپی سے دیکھا۔ ان کا رنگ عجیب سا تھا۔ نہ گورا نہ کالا۔ نہ سانولا۔ زردی مائل۔ پیلا پیلا سا۔ ان کی آنکھیں ترچھی تھیں۔ قد بہت کم تھا۔ دانیال نے ایسی شکل صورت کے لوگ پہلے نہیں دیکھے تھے۔

"دادا، یہ لوگ کچھ عجیب سے نہیں ہیں" دانیال سے رہا نہ گیا۔ وہ دادا سے پوچھ ہی بیٹھے۔

"شاید یہ نارتھ ایسٹ سے آئے ہیں۔ طالب علم معلوم ہوتے ہیں" دادا نے کہا۔ لیکن تم پلٹ پلٹ کر دیکھو مت۔ بری بات ہے۔

"نارتھ ایسٹ مطلب؟"

تم نے اسکول میں ہندوستان کا نقشہ دیکھ کر سمجھا ہے نہ؟ شام کو اردو پڑھنے بیٹھو "تو اسے نکال لینا۔ نارتھ ایسٹ سمجھا دوں گا۔ ادھر کے لوگ اسی نسل کے ہوتے ہیں"۔

دانیال نے سر ہلایا۔ تب تک وہ لڑکے آگے بڑھ چکے تھے۔

دو تین دن بعد وہ لڑکے پھر دکھائی دیے۔ اس مرتبہ دانیال پلٹے اور ان کی طرف دیکھ کر چلائے چنکی۔ نک چپٹے نک چپٹے۔ چنکی لڑکوں کے چہرے پر کچھ گھبرائے دکھائی دی اور کچھ غصہ بھی۔

دادا نے خفگی سے دانیال کو دیکھا لیکن تب تک بس آچکی تھی۔ دانیال لپک کر بس پر چڑھ گئے۔ تبھی دو لڑکوں نے بس کی کھڑکی سے منہ نکالا اور چلائے۔ پیلئے پیلئے

ایک لڑکا بولا 'چپو' دلی میں کیا کر رہے ہو Go back to your jungles۔ شام کو دادا نے دانیال کا ہوم ورک کرایا۔ ایک صفحہ اردو کی کتاب پڑھائی۔ پھر ان کے ساتھ شام کی چائے پینے بیٹھے چائے کے ساتھ گرم گرم پکوڑے تھے اور سوجی کا حلوہ۔ دانیال کے لیے چائے کی جگہ ایک گلاس دودھ تھا۔ چائے کا گھونٹ بھرتے ہوئے دادا نے کہا۔ "دانیال آج صبح آپ نے ان لڑکوں پر آوازے کسے تھے"۔

"مطلب؟"

"مطلب یہ کہ آپ نے انہیں چڑایا تھا۔"

"کس کو دادا؟"

"وہی جن کے بارے میں ایک دن آپ کو بتایا تھا کہ وہ نارتھ ایسٹ کے ہوں گے"۔

"ارے وہ۔ انہیں چڑایا کہاں تھا۔ انہیں تو سب ہی نک چپٹا کہتے ہیں۔ دادا ان کی صورتیں عجیب سی نہیں ہوتیں؟ چمپانزی جیسی۔" دادا کے چہرے پر خفگی دیکھ کر وہ جلدی سے بولے۔ 'یہ ہم نہیں کہتے۔ یہ دوسرے کہتے ہیں۔"

"دانیال اگر کوئی غلط کام بہت سے لوگ کرنے لگیں تو وہ صحیح نہیں ہو جاتا اور کوئی عجیب سا بھی اس لیے نہیں ہو جاتا کہ وہ تم سے الگ طرح کا ہے"۔

دانیال چپ رہے۔

دادا نے کہا: "آپ نے ملک محمد جائسی کا نام سنا ہے؟"

"نہیں دادا۔" پھر جلدی سے بولے۔ "آپ کے دوست ہیں کیا؟"

دادا مسکرائے لیکن مسکراہٹ دبا کر سنجیدگی سے بولے، "یہ ایک صوفی تھے۔

اودھی میں شاعری کرتے تھے۔ اب آپ پوچھیں گے صوفی کون اور اودھی کیا تو آپ کے پوچھنے سے پہلے بتا دیں۔ صوفی وہ لوگ ہوتے ہیں جو بہت سادگی سے رہتے ہیں۔ یہ سب سے محبت کرتے ہیں۔ دوسرے کو بھی محبت کرنا سکھاتے ہیں۔ اور اودھی ایک بولی ہے۔ یہ یوپی کے اودھ کے علاقے میں آج بھی بولی جاتی ہے۔

ملک محمد جائسی آپ کے دادا کے دوست نہیں ہیں وہ لگ بھگ پانچ سو برس پہلے گزرے ہیں۔ پانچ سو سمجھتے ہیں آپ؟"

"کم آن دادا۔ اب ہم پانچ سو نہیں سمجھیں گے۔ فائیو ہنڈرڈ۔ انہوں نے آنکھیں پھیلائیں۔ یہ تو بہت ہو گیا"۔

"ملک محمد بہت کالے تھے۔ ان کا چہرہ داغوں سے بھرا ہوا تھا۔ ان کی ملاقات شیر شاہ سے ہوئی تو وہ ان کو دیکھ کر ہنس پڑا۔ پتہ ہے شیر شاہ کون تھا ہے"۔

"نہیں دادا"۔

"شیر شاہ اس وقت کا بادشاہ تھا۔ تب ہندوستان میں بادشاہ ہوا کرتے تھے۔ آگے تم تاریخ میں پڑھو گے"۔ اب دانیال دلچسپی سے سن رہے تھے۔

پتہ ہے انہوں نے کیا کہا؟ انہوں نے اپنی اودھی زبان میں کہا، "موکو ہے سی کہ کوہر ہی"۔

"مطلب سمجھے؟ اس کا مطلب یہ ہوا کہ مجھ پر ہنس رہے ہو کہ مجھ کو بنانے والے کمہار پر۔ کمہار یعنی اللہ جس نے مجھے بنایا۔ بادشاہ کانپ اٹھا۔ اس نے گڑ گڑا کر معافی مانگی۔

دانیال بت بنے سنتے رہے۔ "اور پتہ ہے بیٹا، انہیں ملک محمد جائسی نے اللہ کے

بارے میں کیا کہا ہے؟ انہوں نے کہا ہے!

"بدھنا کے مارگ ہیں تے تے، سرگ نکھت تن رو واں جے تے" یعنی اللہ تک پہنچنے کے اتنے ہی راستے ہیں جتنے آسمان پر تارے۔ یا جسم پر روئیں۔ یہ بات کہنے کا طریقہ ہے مطلب یہ ہے کہ انسان اپنے اپنے طریقے سے ملک تک پہنچنے کی کوشش کرتا ہے۔ اگر کوئی تم سے الگ دکھائی دیتا ہے تو وہ بھی اللہ کا بندہ ہے۔ کوئی تم سے الگ طریقے سے عبادت کرتا ہے تو وہ بھی اللہ کا بندہ ہے"۔

"پر، دادا۔ تھوڑا بہت چڑانا اتنی بری بات تو نہیں"۔

"اگر آپ کھیل کھیل میں کسی دوست کو چڑائیں تو بیشک نہیں لیکن کسی کو کم تر سمجھ کر چڑائیں تو بری ہی نہیں، بہت بری بات ہے۔ یاد رکھیے معمولی چڑ کبھی کبھی گہری نفرت میں بدل جاتی ہے"۔

"آئی ایم ساری، دادا" دانیال نے دھیرے سے کہا۔

سوری آپ ان لڑکوں سے کہیے گا جب وہ اگلی بار ملیں

"جی دادا اور ہم ملک محمد جائسی کی شاعری بھی پڑھیں گے"۔

جب آپ کچھ اور بڑے ہو جائیں گے تو ہم خود آپ کو پڑھائیں گے اور اودھی کے ایک اور عظیم شاعر تلسی داس کو بھی۔ یاد رکھیے آپ بڑے ہو کر کچھ بنیں، زبان اور ادب سے ضرور جڑے رہیے گا۔ ادب آپ کو انسان سے جوڑے گا"۔

"اور ہاں۔ دادا نے ہنس کر کہا۔ ذرا دودھ پی لیجئے۔ غچہ دینے کی کوشش کر رہے ہیں۔ ممی سے ڈانٹ کھانے کا ارادہ ہے کیا؟"

***

روٹی کیوں پھولتی ہے؟

دانیال جب ناراض ہوتے ہیں تو منہ پھُلا کر کونے میں کھڑے ہو جاتے ہیں۔ آج کل وہ چھٹیوں میں اپنی دادی کے پاس آئے ہوئے تھے۔ برسات کا موسم شروع ہو گیا تھا۔ بادل خوب امنڈ کر آئے۔ پھر بارش ہونے لگی۔ دانیال باہر جا کر بارش میں بھیگنا چاہتے تھے۔ دادی نے منع کر دیا۔ موسم کچھ ایسا ہو رہا تھا کہ کبھی سخت گرمی تو کبھی مرطوب ہوا۔ کچھ لوگوں کو کھانسی نزلہ ہو رہا تھا۔ دادی نے کہا بھیگنے سے بیمار پڑ گئے تو چھٹیاں غارت ہو جائیں گی۔ بس دانیال منہ پھلا کر ایک طرف کو کھڑے ہو گئے۔

دوپہر کے کھانے کا وقت تھا۔ کھانا میز پر آچکا تھا۔ دادی نے آواز لگائی۔ "آؤ بچے کھانا کھالو۔ دیکھو نسیمہ آپا نے گرم گرم پھولی ہوئی روٹیاں پکائی ہیں۔"

"ایسی گول اور پھولی ہوئی ہیں جیسے دانیال بھیا کا منہ۔" نسیمہ نے انھیں چھیڑا۔

دانیال کو بھوک لگی ہوئی تھی۔ گرم گرم پھولی پھولی روٹیوں کی بات سن کر وہ غصہ بھول گئے اور ٹیبل پر آ گئے۔

"پہلے جا کر ہاتھ دھویے۔ دادی نے تنبیہ کی۔ کھانے سے پہلے ہاتھ خوب اچھی طرح دھو لینے چاہییں۔ دانیال بھاگ کر واش بیسن پر چلے گئے۔ صابن لگا کر ہاتھ

اچھی طرح دھوئے پھر رنگ میں لگی چھوٹی تولیہ سے پونچھ کر آ گئے۔ تب نسیمہ نے ان کی پلیٹ میں توے سے اتاری پھولی ہوئی روٹی لا کر ڈالی۔ دانیال کی پسند کا انڈے آلو کا سالن بھی تھا۔

"بہت گرم ہے۔" دانیال نے پھولی ہوئی روٹی میں انگلی ماری۔ بھاپ سے انگلی میں جلن محسوس ہوئی۔ جلدی سے اسے منہ میں ڈال لیا۔ اب روٹی پچک چکی تھی۔

دادی۔ دادی۔ روٹی کیوں پھولتی ہے۔

یہ اچھا سوال پوچھا تم نے۔ دادی نے کہا۔ پہلے کھانا کھالو، پھر بتاتے ہیں۔

کھانا کھالینے کے بعد دادی نے بتایا۔

"تمہیں معلوم ہے روٹی عام طور پر گیہوں کے آٹے سے بنتی ہے۔"

"معلوم ہے دادی۔ کچن میں کنستر بھر کر گیہوں کا آٹا رکھا ہے۔"

"ہاں۔ اسٹور روم میں گیہوں بھی ہے جو گاؤں سے آیا ہے۔ آٹا ختم ہو گا تو اسے پسوا کر آٹا بنوا لیا جائے گا۔ روٹی پکانے سے پہلے اس آٹے کو گوندھا جاتا ہے۔

دانیال نے سر ہلایا۔ "جانتے ہیں" دانیال اکثر کچن میں گھسے رہتے تھے۔

"گیہوں میں ایک چیز ہوتی ہے جسے گلوٹن (Gluten) کہتے ہیں۔ یہ ایک قسم کا پروٹین ہوتا ہے۔ تم ابھی چوتھے اسٹینڈرڈ میں ہو۔ اگلے سال شاید تمھیں پروٹین کے بارے میں کلاس میں بتایا جائے۔ بہر حال اس پروٹین کی وجہ سے آٹے میں لچک پیدا ہوتی ہے اور وہ کھینچا جا سکتا ہے۔ تم نے نسیمہ آپا کو یا ہمیں روٹی بیلتے دیکھا ہو گا۔ لچک کی وجہ سے ہی روٹی بڑھتی ہے۔ بہت سے لوگ تو بہت بڑی بڑی روٹیاں بنا لیتے ہیں۔"

"جیسے رومالی روٹی جو ہم نے ہوٹل میں کھائی تھی۔"

"شاباش۔ ٹھیک بتایا۔" دادی نے کہا۔

"آٹے کو لوچ دار بنانے کے علاوہ یہ پروٹین اس میں ایک جال سا بنا دیتا ہے۔ اس کے ننھے ننھے خانوں میں گیس کے بلبلے پھنس جاتے ہیں۔ روٹی جب توے پر ڈالی جاتی ہے تو گرمی سے بھاپ بنتی ہے۔ یہ بھاپ گلوٹین کے ننھے ننھے خانوں کو پھلا کر اوپر کی طرف دھکیلتی ہے اور روٹی پھول جاتی ہے۔"

دانیال نے سر ہلایا۔ جیسے وہ اچھی طرح سمجھ گئے ہوں۔ "گرمی سے روٹی کے اندر بھاپ بنتی ہے۔ وہ آٹے میں موجود گلوٹین کے جال کو اوپر کی طرف دھکا دیتی ہے۔ اسی سے روٹی پھول جاتی ہے۔" انھوں نے دوہرایا۔ اور بولے "ارے دادی پوریاں بھی تو پھولتی ہیں اور گول گپّے بھی۔"

"وہ بھی اسی اصول کے تحت پھولتے ہیں۔ فرق یہ ہے کہ انھیں گرم تیل سے گرمی ملتی ہے۔" وہ تیل میں تلے جاتے ہیں۔

"رات کے کھانے میں پوری کھلائیں گی دادی؟" دانیال نے کہا۔

"ضرور۔ بشرطیکہ تم ساتھ میں ہری سبزی بھی کھاؤ۔ ہری سبزی صحت کے لیے بہت فائدہ مند ہے۔ اسے کھانے کو کہا جائے تو روٹی کی طرح منہ مت پھلانا۔" دادی نے پیار سے سر پر چپت لگاتے ہوئے کہا۔

***

اکو کی کہانی

ازلان اسی سال ساتویں کلاس میں آیا تھا۔ نئی نئی کتابیں ملیں تھیں۔ خوبصورت اور چمکدار۔ اس نے ایک کتاب میں سے کچھ پڑھنا شروع کیا۔ پھر بڑے جوش میں دادی کے پاس پہنچا۔ دادی، دادی ہم نے جاپان کے بارے میں پڑھا۔ یہ دیکھیے جاپان کا نقشہ۔ ہوں۔ دادی نے کتاب میں شوق سے نقشہ دیکھا۔ دادی کا کہنا تھا کہ بچوں کی باتوں پر توجہ دینی چاہیے۔ پھر انہوں نے ازلان کو پاس بٹھالیا۔ تمہیں جاپان کی ایک کہانی سنائیں۔

ازلان کی آنکھیں چمک گئیں۔ جی دادی، ضرور۔

"ہر ملک کی اپنی کہانیاں ہوا کرتی ہیں۔ جب تم چھوٹے تھے تو تمہیں کوے اور چڑیا کی سنائی تھی۔ "یاد ہے دادی۔" ازلان ہنسنے لگا۔ یہ کہانی ہندوستان کی تھی۔ ہمارے ملک کی۔ ایسے ہی جاپان کی کہانیاں ہیں۔ ایک کہانی 'اکو' کی ہے۔"

"اکو کون؟ کوئی چڑیا؟" ازلان بے صبری سے بولا۔

نہیں بھائی۔ اکو ایک لڑکا تھا۔ چھوٹا لڑکا۔ اب چپ چاپ سنو۔

جاپان کے زیادہ تر لوگ بدھ مذہب کو مانتے ہیں۔ اکو دوسرے لڑکوں کے ساتھ بدھ مذہب کی تعلیم لے رہا تھا۔ وہ گرو جی کے یہاں رہ کر پڑھتا تھا۔

"جیسے ہمارے اسکول میں کچھ لڑکے ہاسٹل میں رہ کر پڑھتے ہیں۔" ازلان نے کہا۔

دادی اس کی سوجھ بوجھ سے بہت خوش ہوئیں۔ بالکل ٹھیک سمجھے۔

ایک دن اکو رات کو گروجی کے کمرے کی طرف سے گزرا۔ اس نے دیکھا کہ گروجی چاٹ چاٹ کر کچھ کھا رہے ہیں۔ ان کے سامنے ایک چھوٹا سا کالے رنگ کا گھڑا رکھا ہوا تھا۔ وہ اس گھڑے میں سے کچھ نکال کر چاٹ رہے تھے۔ تم گھڑا جانتے ہو ازلان؟

"جی دادی۔ ایک بار ہم نے مٹی کی صراحی خریدی تھی۔ وہیں گھڑے بھی تھے۔ چھوٹے بڑے۔ سب طرح کے۔ ان میں پانی ٹھنڈا رہتا ہے۔"

شاباش۔ تو گروجی کے سامنے بالکل چھوٹا گھڑا تھا۔ اکو نے جا کر اور بچوں کو یہ بات بتائی۔ ضرور شہد ہو گا۔ گروجی شہد کھا رہے تھے۔ اکو نے کہا۔ ایک بچہ بولا۔ شہد تو بچوں کو بھی ملنا چاہیے۔ یہاں جو کچھ آتا ہے اس میں سب کا حصہ ہوتا ہے۔ سب بچے گروجی کے کمرے میں گھس گئے۔

اکو نے کہا" گروجی آپ کہتے ہیں کہ اچھی چیز سب کو مل بانٹ کر کھانی چاہیے۔ پھر آپ یہ شہد اکیلے کیوں کھا رہے ہیں؟"

گروجی گھبرا گئے۔ "بولے یہ شہد نہیں، دوا ہے۔ کسی بچے نے اسے کھایا تو مر جائے گا۔" بچے واپس ہو گئے۔ رات کافی ہو گئی تھی۔ جا کر سو گئے۔

دوسرے دن صبح گروجی کہیں کام سے چلے گئے۔ اکو نے جا کر گھڑا کھول کر سونگھا۔ انگلی پر لے کر دیکھا۔ وہ شہد ہی تھا۔ اس نے بچوں کو بلا کر کہا، دیکھو یہ شہد

ہی ہے، دوا نہیں ہے۔ اس نے چکھ کر دکھایا۔ پھر تو سبھی بچوں نے تھوڑا تھوڑا شہد کھایا۔ میٹھا، مزے دار شہد۔ کسی بچے کو کوئی نقصان نہیں پہنچا۔ گھڑا آدھا خالی ہو گیا۔ لیکن پھر بچے بہت ڈرے۔ گرو جی کو کیا جواب دیں گے۔ یہ تو چوری ہے۔ اکو نے کہا ڈرو مت۔ ہم کچھ تدبیر کرتے ہیں۔

گرو جی واپس آئے تو اکو نے انہیں دروازے پر ہی روک لیا اور ہاتھ جوڑ کر بولا۔ "گرو جی مجھے معاف کر دیجئے۔ آپ کی خوبصورت لال رنگ والی چینی مٹی کی پلیٹ میرے ہاتھ سے گر کر ٹوٹ گئی۔"

"ارے یہ تم نے کیا کیا۔ یہ تو مجھے بہت پسند تھی۔ گرو جی نے ناراض ہو کر کہا۔ اور وہ بس ایک ہی پلیٹ تھی۔ ویسی دوسری پلیٹ ہے بھی نہیں۔"

"جی گرو جی۔ اسی لیے مجھے اتنا افسوس ہوا کہ میں نے خودکشی کرنے کی سوچی اور گھڑے سے لے کر دوا چاٹ لی۔ آپ نے کہا تھا نا کہ اسے کھانے سے بچے مر جاتے ہیں۔ تو میرے ساتھیوں کو لگا کہ وہ میرے مرنے سے بہت اداس ہو جائیں گے۔ میرے ساتھ انہوں نے بھی مر جانا چاہا۔ اس لیے سب نے دو دوا چاٹ چاٹ کر خوب کھائی۔ بڑی میٹھی دوا تھی۔ گھڑا آدھا ہی رہ گیا۔ بلکہ آدھے سے بھی کم۔ یہ اور بات ہے کہ ابھی تک ہم میں سے کوئی مرا نہیں۔"

پوری بات سن کر گرو جی اکو کی چالاکی سمجھ گئے۔ دیکھا تو اکو بھی مسکرا رہا تھا۔ وہ زور سے ہنس پڑے۔ بولے، "مجھے معاف کر دو اکو۔ میں نے جھوٹ بولا تھا۔ وہ دوا نہیں شہد ہے۔ تم لوگ کبھی مرو گے نہیں۔ میں وعدہ کرتا ہوں اب کبھی جھوٹ نہیں بولوں گا۔ تم لوگ بھی کبھی جھوٹ مت بولنا۔"

اکو اور سب بچوں نے ہاتھ جوڑ دیے۔ "گرو جی آپ کی پلیٹ نہیں ٹوٹی ہے۔ جھوٹ سنبھالنے کے لیے میں نے جھوٹ بولا۔ اب ہم میں سے کوئی بھی کبھی جھوٹ نہیں بولے گا۔"

"اذلان تم بھی کبھی جھوٹ مت بولنا۔" دادی نے کہانی ختم کر کے کہا۔

ایک جھوٹ بول کر اسے سنبھالنے کے لیے دوسرا جھوٹ اور پھر تیسرا جھوٹ۔ آخر میں پول کھل جاتی ہے جیسے گرو جی کی کھل گئی۔ اور اکو کی بھی۔"

"ٹھیک ہے دادی۔ کوشش کریں گے۔" اذلان اپنے ٹوٹے دانتوں والی ہنسی ہنستے ہوئے بھاگ گیا۔ لیکن پھر واپس آ کر کہا" دادی ایسی کہانی تو کہیں کی بھی ہو سکتی ہے۔ جاپان کی ہی کیوں؟" یہ بڑا اچھا سوال تھا۔ ایک عقلمند بچے کا سوال۔ دادی بہت خوش ہوئیں۔

بیٹا۔ انہوں نے کہا۔ انسان ہر جگہ ایک جیسے ہی ہوتے ہیں۔ اس لیے ان کی کہانیاں بھی ملتی جلتی ہوتی ہیں۔ جاپان میں بھی بچے تمہارے جیسے ہوتے ہیں۔ ان کے بھی دانت ٹوٹتے ہیں۔ وہ شرارت بھی کرتے ہیں، پڑھتے بھی ہیں۔ ان کی بھی نانی دادی ہوتی ہیں۔ وہ بچوں کی کہانیاں سناتی ہیں۔"

اذلان کو اتنا صبر کہا۔ وہ پھر بھاگ نکلا۔ کہانی تو سن ہی لی تھی۔

***

ایک بے سر پیر کی کہانی

اب یہ کیا بات ہوئی بھلا۔ بے سر پیر کی کہانی۔ کہیں کہانی کے بھی سر پیر ہوتے ہیں؟ ہوتے تو ہیں جو اس کہانی کے پاس نہیں ہیں ارے بھئی بے سر پیر کا مطلب ہوتا ہے ایسی کہانی جو بے تکی ہو۔ باتوں کے لئے بھی کہا جاتا ہے بے سر پیر کی باتیں۔ یعنی جو باتیں عجیب سی ہوں یا انمل بے جوڑ ہوں۔ تو بھئی اگر کہانی بے تکی ہے یا اس میں انمل بے جوڑ باتیں ہیں تو کہانیں سنیں کیوں؟ یا یوں کہئے کوئی اسے سنائے ہی کیوں؟

بات یہ ہے کہ بے سر پیر کی کہانیاں اکثر بڑی مزیدار ہوتی ہیں۔ ان سے لوگوں کی تفریح ہوتی ہے۔ خاص طور پر بچوں کی۔ بچے ہنس لیتے ہیں، خوش ہو جاتے ہیں اور ایسا بھی نہیں کہ یہ کہانیاں اور کسی کام کی نہیں ہوتیں۔ ارے نہیں بھائی۔ سبھی کہانیوں سے کوئی نہ کوئی نئی بات معلوم ہوتی ہے۔ نئے الفاظ سیکھنے کو ملتے ہیں۔ پڑھنے کا شوق پیدا ہوتا ہے۔

تو آؤ ایک بے سر پیر کی کہانی سنتے ہیں۔ یا یوں کہیں کہ پڑھتے ہیں۔ پرانے زمانے کی بات ہے۔ اس وقت جانوروں کے علاوہ اور کوئی سواری نہیں تھی۔ لوگ گھوڑے، گدھے، خچر وغیرہ پر بیٹھ کر سفر کرتے تھے۔ یا پھر انہیں جانوروں کو گاڑی

میں جوت لیتے تھے۔ اس گاڑی سے سفر کرتے اور سامان بھی ادھر ادھر پہنچاتے تھے۔ راستہ دور کا نہ ہوا تو سب سے بڑی سواری تھی۔۔۔ پتہ ہے وہ کیا تھی؟ ٹھیک سمجھا تم نے۔ اپنے پیر۔ لوگ پیدل ہی چل پڑے تھے۔

تو اسی پرانے زمانے کی بات ہے، ایک شخص کو پاس کے گاؤں جانا تھا۔ اس کا نام تھا بابو خاں۔ وہ ادھیڑ عمر کا تھا لیکن ہاتھ پاؤں کا مضبوط تھا۔ وہ وہاں پیدل ہی گیا۔ پھر کام ختم کر کے واپس چل پڑا۔ رستہ زیادہ لمبا نہیں تھا لیکن بیہڑ تھا۔ بیہڑ کا مطلب یہ ہے کہ راستے میں جنگل، جھاڑیاں، پتھر، نالے وغیرہ بہت تھے۔ وہ تیز تیز چلا جا رہا تھا تبھی ایک طرف سے ایک اور شخص آتا دکھائی دیا۔ وہ ایک نوجوان لڑکا تھا۔ ایک سے بھلے دو۔ دونوں کو ہی یہ ساتھ اچھا لگا۔ کچھ دور چل کر لڑکے نے کہا، چچا یا تو آپ مجھے اٹھا کر لے چلیں یا میں آپ کو اٹھا کر لے چلتا ہوں۔

بابو خان نے لڑکے کی طرف دیکھ کر سوچا۔ اچھا بھلا معلوم ہوتا ہے۔ لیکن ایسی بے سر پیر کی بات کر رہا ہے۔ بھلا ایک آدمی دوسرے کو اٹھا کر کیسے چلے گا۔ وہ چپ رہا۔

کیوں چچا۔ جواب نہیں دیا۔ لڑکے نے پھر پوچھا۔ بابو خان اس بار بھی چپ رہے۔

"اچھا تو ایسا ہے کہ ہم دونوں ایک ایک گھوڑا لے لیں۔ اس کے سہارے رستہ آسانی سے کٹ جائے گا۔"

اب کی بابو خان ناراض ہو گئے۔ کچھ غصے سے بولے۔ "ارے میاں کچھ عقل لے کر پیدا ہوئے تھے یا نہیں۔ کہاں ہیں گھوڑے اور کہاں ہیں ان کے دام۔ پھر

رستہ بھی تو چھوٹا ہی ہے۔"

وہ لڑکا چپ ہو گیا۔

آخر رستہ کٹ گیا۔ گاؤں دکھائی دینے لگا۔ شروع ہی میں ایک کسان اپنے کھیت میں کام کرتا ہوا ملا۔ لڑکے نے اس سے پوچھا "کیوں بھائی جان کھیتی بوئی ہے یا کھائی ہے؟" کسان ناراض ہو گیا۔ بولا دیکھ نہیں رہے۔ نرائی کر رہا ہوں۔ گیہوں کی فصل بالشت بھر ہوئی ہے۔ ابھی سے کیسے کھالوں گا۔ عجب بے سر پیر کی بات کر رہے ہو تم میاں لڑکے۔"

پھر بابو خاں اور اس لڑکے کے راستے الگ ہونے لگے۔ وہ دائیں مڑا اور بابو خاں بائیں۔ یکایک بابو خاں کو خیال آیا کہ لڑکا ہے سیدھا سادا۔ جانے کہاں جا رہا ہے۔ کس کا کون ہے۔ انہوں نے اس سے نام اور ٹھکانا پوچھا۔ لڑکے نے اپنا نام روشن علی بتایا۔ بتایا کہ وہ یہاں کے مکھیا سے ملنے آیا ہے۔ چوپال میں ہی ٹھہر کر کل چلا جائے گا۔

بابو خاں گھر پہنچ گئے۔ ان کی بیوی مر چکی تھی۔ گھر پر ان کی بیٹی اور بابو خاں کی اماں رہتی تھیں۔ بابو خاں بھی کھیتی باڑی کرتے تھے۔

بیٹی نے باپ کے ہاتھ دھلوائے۔ ایک پیالہ گھر کی گائے کا دودھ پیش کیا۔ سفر کا حال احوال پوچھا۔

"سب ٹھیک تھا بیٹی۔ کام بھی ہو گیا۔ بس رستے میں ایک لڑکا ملا تھا۔ اس نے بڑا دماغ چاٹا۔ رستے بھر بے سر پیر کی باتیں کرتا رہا۔ ویسے دیکھنے سننے میں اچھا تھا۔"

کیا دماغ چاٹا ابا۔ لڑکی ہنس پڑی۔

بابو خاں نے اس کی ساری باتیں بتائیں۔ گود میں اٹھا کر لے چلنے والی۔ گھوڑا لے آنے والی۔ پھر کسان سے پوچھنا کہ کھیتی بوئی ہے یا کھائی ہے۔ ساری باتیں بے سر پیر کی بٹیا۔

لڑکی پھر ہنسی۔ "نہیں ابا باتیں بے سر پیر کی نہیں تھیں۔ گود میں اٹھا کر لے چلنے کا مطلب تھا یا تو کوئی کہانی سناؤ یا میں سناتا ہوں۔ کہانی سنتے سناتے چلنے سے راستہ آسانی سے کٹ جاتا ہے۔ جیسے کوئی تمہیں گود میں لے چل رہا ہو۔"

بابو خاں کی آنکھیں حیرت سے پھیل گئیں۔ انہوں نے سر ہلایا۔ "ہاں یہ تو ہے بٹیا۔ اب اور باتوں کا بھی کوئی مطلب ہو گا۔"

"ہاں ابا۔ گھوڑا لے آنے کا مطلب تھا درخت سے چھڑی توڑ لاؤ۔ چھڑی کے سہارے چلنے سے رستہ آسان ہوتا ہے۔ کنکر پتھر ہٹاتے چلو۔ کوئی سیار، کتا، لومڑی مل جائے تو اسے دھمکا کر بھگا دو۔ کہیں گھنے درخت ہوں تو ان کی شاخیں بھی ایک طرف کو کر لو۔"

بابو خاں کی آنکھیں حیرت سے پھیل گئیں۔ ارے واہ۔ اور وہ تیسری بات۔

"جی ابا۔ اس کا مطلب یہ ہے کہ کسان قرضے میں تو نہیں ڈوبا ہوا ہے۔ اگر کسان نے قرض لیا ہوا ہے تو کھیتی گویا کھا چکا ہے۔ جب فصل آئے گی تو قرضہ ادا کرنے میں ختم ہو جائے گی۔ اگر قرضہ نہیں لیا ہے یا بہت تھوڑا ہے یا تو فصل سے اناج ملے گا۔ اناج بیچ کر پیسہ بھی ملے گا۔ اس طرح وہ سچ مچ کھیتی بو رہا ہے۔

بابو خاں نے کہا "بٹی تو تو بڑی عقل مند ہے۔ اور وہ لڑکا بھی۔ وہ یہاں چوپال میں ٹھہرا ہے۔ اسے کچھ کھانا بھجوا دینا۔ میں بے چارے سے بلاوجہ ناراض ہوتا

رہا۔"

لڑکی نے کہا ضرور ابا۔

دوپہر کو اس نے کھانا تیار کیا۔ کھیت پر کام کرنے والے نوکر کو بلایا۔ اس کے ہاتھ میں انگوچھے میں بندھا کھانا دے کر کہا۔ چوپال میں باہر سے ایک آدمی آیا ہے، اسے دے آؤ۔ اس سے یہ بھی کہہ دینا کہ چاند چودھویں کا ہے، ستارے بے شمار ہیں اور دریا میں پانی چڑھا ہوا ہے۔ ملازم کھانا لے چلا گیا۔ لڑکے کو کھانا کھلا کر برتن واپس لایا اور بولا۔ انہوں نے کہا ہے چاند دسویں کا تھا۔ ستارے کم کم تھے اور دریا اتار پر تھا۔

لڑکی نے ملازم کو بہت ڈانٹا کہ اس نے مہمان کا کھانا چرا کر کھایا ہے۔ ملازم نے اپنا قصور مان کر معافی مانگی۔ وعدہ کیا اب وہ ایسا کچھ نہیں کرے گا۔ وہ ڈر گیا کہ لڑکی کے قبضے میں کوئی جن ہے۔ تبھی تو اسے فوراً معلوم ہو گیا کہ اس نے کھانا چرایا تھا۔

بابو خاں کو بھی تعجب ہوا۔ انہوں نے پوچھا۔ "بیٹی تمہیں کیسے معلوم ہوا؟"

لڑکی نے جواب دیا۔ "مجھے اس شخص پر اکثر شک ہوتا تھا۔ اس لیے کھانا دینے سے پہلے پیغام دیا تھا۔ چاند چودھویں کا ہے۔ یعنی برتن میں چودہ روٹیاں ہیں۔ ستارے بے شمار ہیں یعنی گوشت کی بوٹیاں بہت سی ہیں۔ دریا چڑھاؤ پر ہے یعنی سالن میں شوربہ بھی بہت ہے۔

اس نے جواب دیا چاند دسویں کا ہے یعنی چار روٹیاں کم ہیں۔ ستارے کم کم ہیں یعنی بوٹیاں تھوڑی سی ہیں۔ دریا اتار پر ہے۔ اب اب تو آپ سمجھ گئے ہوں گے کہ شوربہ بھی تھوڑا ہی ہے۔

بابو خاں بہت ہنسے۔ بیٹی کی پیٹھ ٹھوکی اور بولے۔

"مگر بٹیا پھر بھی ہم کہیں گے کہ بات سیدھی سیدھی کرنی چاہئے۔ ورنہ جو نہیں سمجھے گا اسے بے سر پیر کی کہے گا۔"

***

مکھانے کی کھیر

تابش جب سے اپنے دوست راجن کے یہاں دیوالی کے موقع پر مکھانے کی کھیر کھا کر آئے تھے۔ اپنی ممی کے پیچھے پڑ گئے تھے۔ ممی آپ مکھانے کی کھیر کیوں نہیں بناتیں۔ بہت مزے دار ہوتی ہے۔"اب ہر چیز ہر گھر میں نہیں بنتی۔ لیکن ایسی کوئی بڑی بات نہیں۔ بنا دوں گی۔" ممی نے جواب دیا۔ کچھ دن تک تابش خاموش رہے۔ ممی بھی بھول گئیں۔

بات آئی گئی ہو گی۔ لیکن ایک دن ہوا یوں کی راجن اپنے ٹفن میں ایک کٹوری میں مکھانے کی کھیر لے آیا۔ اس نے تابش کو دعوت دی۔ "ادھر یکھ کیا ہے"۔ تابش نے گردن نیہوڑائی۔

ارے واہ! انہوں نے نعرہ لگایا۔ مکھانے کی کھیر۔ آدھی سے زیادہ چٹ کر گئے اور گھر آکر پھر وہی رٹ۔

ممی آپ مکھانے کی کھیر کیوں نہیں بناتیں۔

"ارے بھائی کھا تو آئے ہو"۔ انہوں نے ٹالنا چاہا۔

"نہیں آپ بھی بنایئے تو ہم ایک ساتھ بہت سی کھائیں۔ فرج میں بنا کر رکھ دیجیئے گا۔ تو ہم لے لے کے کھاتے رہیں گے"۔

اللہ رے نوید ے۔ تابش کی بڑی بہن نے چڑایا۔

"آپ کھا کے دیکھنا۔ تم بھی یہی کہو گی۔ بلکہ مل جائے تو یہی کرو گی"۔

"کیا؟"

"فرج سے نکال نکال کے کھاتی رہو گی"۔

"سوت نہ کپاس، جولاہوں میں لٹھم لٹھا"۔ آمنہ بوا نے کیا جو سوپ میں پالک کا ساگ لے کے تابش کی ممی کو دکھانے آئی تھیں۔ "سادہ بنالیں بیگم صاحب یا گوشت می ڈالیے گا"۔

تابش کی ممی ہنسنے لگیں۔ "واقعی سوت نہ کپاس۔ ارے ہمیں تو مکھانے کی کھیر بنانی ہی نہیں آتی۔ دراصل یہ ہندو گھروں کی چیز ہے اور ان کے یہاں بہت عمدہ بنتی ہے۔

ہم تو بس چاول کی کھیر پکاتے ہیں"۔

"ہماری اماں لوکی کی کھیر بھی پکاتی تھیں"۔ آمنہ بوا نے کہا "چلو بڑا تیر مارا"۔ تابش کی ممی ہنسیں۔

"یہ آپ لوگ کیا باتیں کرنے لگیں۔ آپ کو نہیں آتی تو راجن کی ممی سے پوچھ لیجئے"۔

"لو بھلا۔ جان نہ پہچان خالہ بی بی سلام۔ میں جاؤں ان سے کھیر کی ترکیب پوچھنے"۔

"ممی ایسا کرتے ہیں نیٹ پر دیکھ لیتے ہیں"۔ تابس کی آپی، آسیہ نے تجویز پیش کی۔ "ہرگز نہیں"۔ تابش مچل گئے۔ "نیٹ پر ویسی کھیر بنانا کوئی نہیں بتائے گا جیسی

راجن کی ممی بناتی ہیں"۔

"اب یہ کیا ضد ہوئی؟"

"ارجن کی ممی کہتی ہیں کہ اس کی ترکیب انہیں راجن کی دادی سے ملی تھی۔ دادی کے وقت میں نیٹ نہیں تھا"۔

"تو؟"

"تو یہ کہ اصل ترکیب راجن کی دادی کو معلوم تھی۔ نیٹ پر یوں ہی ہو گی۔ جھوٹ موٹ کی"۔

"ایسا کرو۔ راجن سے کہہ دو جب اس کے یہاں مکھانے کی کھیر بنے وہ تمہارے لیے ایک کٹوری لیتا آئے۔"

"ہمیں شرم آئے گی ایسا کہتے۔ پھر اگر چھٹیوں میں بنی تو"۔

"سر کھا گئے تم تابش"۔

"اچھا نہیں کھاتے آپ کا سر"۔ تابش وہاں سے منہ پھلا کر چل دیے دوسرے دن وہ ایک کاغذ کا ٹکڑا لے کر ممی کے پاس آئے۔

"اب یہ کیا ہے؟" ممی اس وقت دھوبی کا حساب دیکھ رہی تھیں۔

"یہ مکھانے کی کھیر کی ترکیب ہو گی۔" آسیہ نے چڑایا۔ تابش نے اسے گھور کر دیکھا۔

"یہ راجن کے گھر کا فون نمبر ہے۔ بلکہ اس کی ممی کے موبائل کا۔ ہم لے کر آئے ہیں راجن سے"۔

"کیوں؟" آسیہ نے بھی تابش کو گھور کر دیکھا۔

"ممی راجن کی ممی سے بات کر لیں گی۔ راجن انہیں ماں کہتا ہے۔ مجھے بہت اچھا لگتا ہے ماں کہنا"۔

"ہاں۔ ماں میں بڑی مٹھاس ہے"۔ آمنہ بوا نے کہا۔ ان کی بیچ میں ٹپکنے کی عادت تھی۔ اب ماں کسی کی ہو۔ تابش بھیا کی ہو یا ان کے دوست راجن کی۔

"انہیں لوگ مسز مہیشوری کہتے ہیں۔ ان کا گھر کا نام مینا ہے"۔ تابش نے اپنی معلومات کا رعب جھاڑا۔ دراصل راجن ان کا اتنا گہرا دوست تھا کہ اسے اس کے گھر کے سب لوگوں کے بارے میں معلوم تھا۔ تابش نے کاغذ کا وہ ٹکڑا ممی کے پرس میں رکھ دیا۔

"بچے کی ضد ہے۔ بات کر لیجئے نہ بیگم صاحب"۔ آمنہ بوا نے کہا۔

"پتہ نہیں کیسے لوگ ہوں۔ کیا سمجھیں۔ اب بچوں بچوں کی بات الگ ہے۔ تابش ضد کر کے راجن کے گھر چلے گئے تھے۔ ان کا ڈرائیور پہنچا گیا تھا"۔

"ایسے ہی میل جول بڑھتا ہے بیگم صاحب۔ نہ اچھی طرح بات کریں تو مت کیجئے گا"۔ آمنہ بوا کا نام تابش کے پاس نے عاقلہ بوا رکھا تھا۔ شاید صحیح رکھا تھا۔

آخر کو تابش کی ممی نے فون ملایا۔

"آداب، میرا نام تہمینہ ہے۔ تہمینہ صدیقی۔ میرا بیٹا تابش راجن کا کلاس فیلو ہے اور گہرا دوست"۔

ادھر سے بڑی گرمجوشی آواز آئی۔ "نمستے نمستے۔ تہمینہ جی۔ تابش بڑا پیارا بچہ ہے۔ ہمارے یہاں آیا تھا۔ لیکن آپ نے کیسے فون کیا"۔

تابش کی ممی نے بتایا کہ ان کے ہاتھ کی مکھانے کی کھیر کھا کے تابش دیوانہ بنا

ہوا ہے اور کہتا ہے کہ ان سے پوچھ کر اس ترکیب سے وہ بھی کھیر بنائیں۔ وہ بے حد خوش ہو گئیں۔ ضرور بتائیں گے۔ لیکن ایک شرط ہے۔ آپ ہمارے یہاں آئیں۔ انہوں نے اتنے خلوص سے کہا کہ تابش کی ممی نے فیصلہ کیا کہ وہ ضرور جائیں گی۔

"بچوں کو لے کر آئے گا۔ مینا مہیشوری نے کہا۔ تابش نے بتایا تھا اس کی ایک بہن بھی ہے"۔

اتوار کے دن تابش کی ممی دونوں بچوں کے ساتھ راجن کے گھر گئیں۔ اس کی ممی لگ بھگ انہیں کی ہم عمر تھیں۔ دونوں کا لباس بھی لگ بھگ ایک جیسا تھا۔ شلوار قمیص اور دوپٹہ۔

انہوں نے آگے بڑھ کر ان کا استقبال کیا۔ پھر پر تکلف ناشتہ پیش کیا۔ یہ بتانے کی ضرورت نہیں کہ اس میں مکھانے کی کھیر بھی تھی۔ میاں تابش آپ کے تو چھکے پنجے۔ ممی نے ہنس کر کہا۔

واقعی بے حد لذیذ ہے۔ تابش کی ممی نے ایک چمچ کھیر منہ میں رکھتے ہی کہا۔ ترکیب تو پوچھنی ہی پڑے گی۔

"دو کلو دودھ لیجئے۔ سو گرام مکھانوں کو گھی میں تل کر موٹا پیس لیجئے"۔

"صرف سو گرام؟"

جی ہاں۔ پھر مکھانوں کے چورے کو دودھ میں ڈال کر اتنا پکائیے کہ دودھ آدھا رہ جئے۔ ذائقے کے مطابق شکر ڈالیے۔ ذراسی پسی الائچی اور زعفران ڈالیے۔ (ٹھنڈا کر کے سرو کیجئے)

تابش کی ممی ہنسنے لگیں۔ کھیر کا اصول ایک ہی ہے۔ دودھ اور دودھ اور

دودھ۔

اب دو کلو دودھ میں سو گرام چاول ڈال کے ہم چاولوں کی کھیر بناتے ہیں۔ اب کی دونوں ساتھ ساتھ ہنسیں۔

"آنٹی۔ ہم آپ کو ماں کہیں۔ ہمیں ماں کہنا بہت اچھا لگتا ہے"۔

تابش نے چلتے وقت راجن کی ممی سے کہا۔

"ہاں بیٹا۔ ضرور کہو۔ تم راجن کے دوست ہو تو ہمارے بیٹے ہی جیسے ہوئے نا"۔

"ماں، تابش نے کہا۔ اگلی بار ارجن ہمارے گھر آئے گا"۔

"ضرور جائے گا بیٹا۔ بس ایک بات کا خیال رکھنا"۔

"کیا؟" تابش اور اس کی ممی دونوں نے ساتھ ساتھ کہا۔

"ہم لوگ ویجیٹیرئن ہیں۔ گوشت یا انڈے سے بنی کوئی چیز مت کھلانا۔

"یہاں ہمارے کھانے کے طور طریقے الگ ہو جاتے ہیں۔ تابش کی ممی نے سنجیدگی سے کہا۔ آپ گوشت انڈا مچھلی نہیں کھاتیں جب کہ ہم کھاتے ہیں۔ لیکن کیا کافی نہیں کہ ایک چیز مشترک ہے۔ وہ قدرے رکیں لیکن بچوں نے نعرہ لگایا۔

"مکھانے کی کھیر۔۔۔"

"اور پیار کی مٹھاس بھی۔۔۔" مینا مہیشوری نے تہمینہ صدیقی سے کہا۔

***

کبوتر کی عید

یہ عید اور عیدوں جیسی نہیں تھی۔ یہ کیوں پچھلے سال والی بھی بڑی روکھی پھیکی تھی۔ بیماری پھیلی ہوئی تھی۔ جس کی وجہ سے لوگوں کا ایک جگہ اکٹھا ہونا مناسب نہیں تھا۔ بٹن اور بابی دونوں کو یہ اچھی طرح سمجھ میں آرہا تھا۔ اس لیے کہ یہ بہن بھائی اب دس اور گیارہ سال کے تھے۔ بٹن بڑی تھی اور بابی چھوٹا۔ پچھلی عید میں بھی اتنی سمجھ تو تھی۔ انہوں نے کسی چیز کے لئے ضد نہیں کی۔ لیکن اس بار صبر کچھ کم ہو گیا۔

اس بار بھی؟ بابی کچھ ٹھنکا۔

"وبا پر کسی کا زور نہیں۔ دادی نے سمجھایا۔ یہ قدرتی آفت ہے۔ اس سے بچنے کا یہی طریقہ ہے کہ باہر نہ نکلیں۔ بہت ضروری ہو تو ماسک لگائیں۔"

"اور ایک دوسرے سے دو میٹر دور رہیں۔" بٹن نے اپنی معلومات کا رعب جھاڑا۔۔ "تم کہاں الگ رہتی ہو؟ بابی نے اسے چڑایا۔ ہر وقت میرے پاس گھسی رہتی ہو۔"

"گھر میں الگ رہنے کی ضرورت نہیں بے وقوف۔" بٹن نے پھر اپنا بڑا ہونا جتایا۔

اب بتاؤ ہم لوگ کیا کریں۔ بابی نے قدرے اداس ہو کر کہا۔

نئے کپڑے تو آن لائن منگا لیے گئے تھے۔ جوتے بھی۔ وہ انہوں نے نہا دھو کر پہن لیے تھے۔ امی نے سوئیاں پکائی تھیں۔ قیمہ بھرے پراٹھے اور بابی کی پسندیدہ فیرنی۔ دوپہر کے کھانے میں بریانی کا اہتمام تھا۔ لیکن تفریح؟ عید گاہ جاکر نماز پڑھنا۔ وہاں سے غبارے لے کر لوٹنا۔ گھر پر بہت سے مہمانوں کا آنا۔ ان کے ساتھ کے بچوں سے مل مل کر کھیلنا۔ عیدی پانا۔ ابھی تو عیدی صرف دادی نے دی اور امی ابو نے۔

دونوں بہن بھائی ایک دوسرے کے ساتھ کھیل کھیل کر اکتا چکے تھے۔ لڑ بھڑ کر بھی۔ اب کیا کریں۔

چلو بالکونی پر چل کر دیکھتے ہیں۔ پیڑ دکھائی دیتے ہیں۔ ان میں چھپتے نکلتے پرندے۔ ٹائیں ٹائیں کرتے طوطے، مینائیں، کبوتر۔ ایک گھر میں دور آم کا درخت دکھائی دیتا تھا۔ اس میں پہلے بور دکھائی دیے پھر اب ٹکورے لٹکتے صاف دکھائی دے رہے تھے۔ املتاس کے پیڑ زرد پھولوں سے ڈھک گئے تھے۔ ان کے پھول جھومر جیسے لٹکتے تھے۔ آس پاس کبوتر بہت تھے۔ اتنا کچھ تھا دیکھنے کو۔

بٹن آپی۔ چلو ان کی تصویریں بناتے ہیں۔ ان کے آس پاس لکھتے ہیں عید مبارک۔

ارے ارے یہ کیا۔ ذرا دیکھو تو؟

بالکونی کے ایک کونے میں امی نے ایک اسٹیل کا فالتو ریک رکھ دیا تھا۔ اس پر کچھ ایسی چیزیں تھیں جو زیادہ کام کی نہیں تھیں۔ تہہ کیے ہوئے ردی اخباروں کا ڈھیر

ایک ٹوکری تھی جس میں کبھی کچھ سامان آیا تھا۔ وہ اخباروں کی موٹی گڈی کے پیچھے چھپی تھی۔ آگے پھولوں کے کچھ گملے بھی تھے۔

کیا ہے کیا ہے؟ بابی اچانک چوکنا ہو گیا۔

بیت کی ٹوکری میں ایک کبوتری نے بچے نکالے تھے۔ نہ جانے کب انڈے دیے۔ کب ان پر بیٹھی۔ لیکن آج کے دن بچے دکھائی دے گئے۔ دکھائی کیا دیے ان کی چوں چوں سنائی پڑی۔

وہ قریب گئے۔ سر جوڑ کر بچوں کو دیکھا۔ کبوتری ڈر کر اڑ گئی۔ لیکن پھر وہیں آس پاس آ گئی۔

چڑیوں کو تنگ نہیں کرنا چاہیے۔ بٹن نے پھر نصیحت کی۔

ہم تنگ کہاں کر رہے ہیں۔ بس دیکھ رہے ہیں۔ چھو کر دیکھیں کیا۔

نہیں۔ بالکل نہیں۔ بٹن نے کہا۔

چلو ہم ان کے ساتھ عید مناتے ہیں۔ بابی نے خوش خوش لہجے میں کہا!

ہاں۔ چلو۔ چلو۔ بٹن کو تجویز بہت پسند آئی۔

وہ اسٹور سے دو پرانی کٹوریاں ڈھونڈ کر لائی۔ ایک میں پانی رکھا دوسری میں چورا کر کے خشک کچی سوئیاں۔ دونوں چیزیں ایک ٹوکری کے آس پاس رکھ دیں۔

عید مبارک کبوتر۔ دونوں نے کھکھلا کر کہا۔

عید مبارک بچو! پھر ساتھ ساتھ ہانک لگائی۔

کبوتر پھر پھڑا کر اڑی۔ دونوں پھر کنارے دبک گئے۔

تھوڑی دیر میں وہ واپس آ گئی۔ ماں تھی نا۔ مائیں سب محبت کرنے والی ہوتی

ہیں۔ پرندوں تک کی مائیں۔ اس نے ادھر ادھر گردن گھما کر دیکھا۔ پھر پانی پیا۔ دونوں بچے بہت خوش ہوئے۔

"سوئیں بھی کھالینا۔ آج عید ہے۔ اور ہاں دوپہر بریانی میں سے چاول لا کر بھی رکھ دیں گے۔ بچوں کو چھوڑ کر دور سے کھانا مت لانا۔" انہوں نے باری باری کہا۔

پھر بچوں نے بیٹھ کر ایک عید کارڈ بنایا۔ اس میں املتاس کے پیلے پھول تھے اور ساتھ ہی آم کے درخت پر آم لٹک رہے تھے۔ ایک کبوتر بیچ میں تھا۔

کیا ہو رہا ہے بھئی۔ ابو نے انہیں خوش کچھ رنگ بکھیرتے دیکھا۔

"ابو ہم کبوتر اور اس کے بچوں کو عید کارڈ دیں گے۔" دونوں نے ایک ساتھ کہا۔

سارا گھر ہنسی سے گلزار ہو گیا۔

خوشیاں ڈھونڈی جائیں تو آس پاس بہت ملتی ہیں۔

* * *